LA QUESTION

DES

DÉLÉGUÉS MINEURS

(NOVEMBRE 1887)

PARIS

IMPRIMERIE ET LIBRAIRIE CENTRALES DES CHEMINS DE FER

IMPRIMERIE CHAIX

SOCIÉTÉ ANONYME AU CAPITAL DE SIX MILLIONS

Rue Bergère, 20

1887

LA QUESTION

DES

DÉLÉGUÉS MINEURS

~~~~~~~~~~

(NOVEMBRE 1887)

~~~~~~~~~~~~~~~

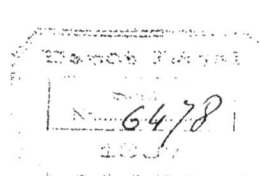

PARIS

IMPRIMERIE ET LIBRAIRIE CENTRALES DES CHEMINS DE FER

IMPRIMERIE CHAIX

SOCIÉTÉ ANONYME AU CAPITAL DE SIX MILLIONS

Rue Bergère, 20

1887

LA QUESTION

DES

DÉLÉGUÉS MINEURS

〜〜〜〜〜

(NOVEMBRE 1887)

〜〜〜〜〜

S'il était utile d'ajouter une nouvelle preuve à ce fait qu'une aspiration obscure et mal définie se résout difficilement en une loi, la question des délégués mineurs la fournirait.

Aussi, croyons-nous utile de réimprimer, en la mettant au courant des faits récents, la brochure que nous avons fait paraître et qui exposait la situation de la question des délégués mineurs en 1886.

La loi sur les délégués mineurs ne répond pas à un besoin ; elle n'est ni une loi d'apaisement, ni une loi de conciliation ; bien au contraire, quelle que soit sa formule, elle sera de nature à créer un conflit permanent entre l'exploitant et l'ouvrier ; c'est, nous l'espérons, ce qui résultera de la lecture des documents ci-après.

〜〜〜〜〜

Origine des délégués mineurs.

L'agitation sur la question des délégués mineurs a pris naissance dans les chambres sydicales de Saint-Étienne, qui l'ont formulée, comme suit, dans leur cahier de doléances :

« Le syndicat n'émet donc qu'une prétention légitime quand il demande que la surveillance des travaux à l'intérieur soit exercée, *concurremment avec les gardes-mines*, par des ouvriers délégués, que la vérification des galeries soit faite une fois par mois et que ces

délégués soient officiellement chargés de procéder, contradictoire-
ment avec les agents de l'État, aux enquêtes et procès-verbaux en
cas d'accident. Nous ferons seulement cette réserve qu'au lieu
d'être payée par l'État, l'indemnité à allouer soit imputée sur les
fonds de la caisse de secours. Il y a trop de petits fonctionnaires
en France et les charges du Trésor dépassent déjà la mesure. »

C'était d'ailleurs un revenant. En 1848, pendant quelques mois,
on avait nommé, dans chaque exploitation du bassin de la Loire,
à l'élection, ce qu'on avait appelé des présidents de puits, institution dont les conditions de fonctionnement n'ont jamais été réglées
et qui, en pratique, pendant sa courte durée, n'a amené que désor-
dres et mécontentements.

D'ailleurs, c'est peut-être ici le lieu de dire que l'exploitation des
mines s'exerce bien différemment, suivant les temps, les conditions
et les milieux. On n'a qu'un nom, celui de mine, pour définir la
mise en exploitation des minéraux utiles contenus dans le sein de
la terre, que l'extraction en ait lieu par quelques ouvriers armés
de l'outillage le plus rudimentaire, ou qu'elle résulte de l'ensemble
des efforts d'une population entière, avec l'aide de tous les moyens
mécaniques que la science met aujourd'hui à sa disposition. Par sa
nature même, l'industrie des mines est entrée, l'une des premières,
dans la voie de concentration des hommes et des capitaux ; c'est
un sujet que nous n'avons à aborder ici que pour faire comprendre
combien il faut laisser en leurs lieu et place, les souvenirs du passé.
Ainsi, dans le cas particulier, entre l'exploitation des mines en
1848 et celle pratiquée aujourd'hui, il y a la différence qu'a
amenée la transformation complète de l'industrie, la différence qui
existe entre un chemin de fer et une diligence.

Les délégués mineurs au Parlement.

Les vœux des chambres syndicales de Saint-Étienne ont été
l'objet de diverses propositions de lois au Parlement. Nous en
trouvons l'expression, quant aux délégués mineurs, dans les projets

déposés, le 21 novembre 1882, par MM. Reyneau et Gilliot, nº 1404, et le 23 novembre 1882, par M. Waldeck-Rousseau et trente-cinq de ses collègues, nº 1407.

Délégués mineurs anglais.

Comme il est de mode, aujourd'hui, de colorer toute modification à la loi française d'un vernis emprunté aux législations étrangères, les auteurs des projets s'appuyaient sur la loi anglaise du 10 août 1872, dont nous donnons, ci-après, les deux dispositifs principaux :

« Article 51, § 30. Les ouvriers employés dans une mine pourront, de temps en temps, désigner deux d'entre eux pour faire, à leurs frais, l'inspection de la mine. »

« Ceux qui seront désignés seront libres, au moins une fois par mois, de parcourir toutes les parties de la mine, d'inspecter les puits, niveaux, plans inclinés, chantiers, galeries de retour d'air, appareils d'aérage, vieux travaux, mécanisme. »

« Le propriétaire, gérant ou directeur, s'il le juge à propos, les accompagnera lui-même ou les fera accompagner par un ou plusieurs employés de la mine. Toute facilité leur sera donnée par le propriétaire, gérant ou directeur, et par tout le personnel de la mine pour qu'ils puissent remplir l'objet de leur inspection. »

« Ils feront un compte-rendu sincère des résultats de leur inspection : ce rapport sera inscrit sur un registre tenu sur la mine à cet effet, et sera signé par ceux qui l'auront fait. »

§ 31. « Les registres dont il est fait mention dans le précédent article, ou une copie de ces registres, seront conservés au bureau de la mine.

« Tout inspecteur, agissant en vertu de la présente loi, et toute personne employée dans la mine, pourront, toute fois que de raison, examiner ce registre et en prendre des copies ou des extraits. »

En citant la loi anglaise, on a oublié la législation anglaise. La constitution spéciale de la propriété minière en Angleterre est bien différente de la nôtre ; les propriétaires fonciers, maîtres du fonds et du tréfonds, peuvent ouvrir des mines dans leurs terrains sans concession spéciale de la part de l'État ; le plus souvent l'exploitation a lieu par des compagnies fermières pour une durée de 21 à 99 ans.

On a oublié que l'État anglais, d'accord avec son principe de self-government, n'avait organisé qu'en 1850 un système d'inspection pour assurer la sécurité des travailleurs ; le rôle des inspecteurs est purement passif.

On a oublié que la législation anglaise se prête mal à la préservation des individus ; qu'en 1872, il était admis, dans tout le Royaume-Uni, que l'ouvrier victime d'un accident de travail n'avait droit à aucune indemnité.

On a oublié surtout que, en raison même des conditions faciles de travail et de la nature des gîtes, les mines anglaises sont exploitées, le plus souvent, sans ingénieurs résidant sur les travaux; que la conduite des exploitations est confiée à des gens pratiques, qui sont dans la dépendance et qui peuvent subir la pression d'un maître avide.

De ces faits, il résulte que la loi du 10 août 1872 correspondait à un état particulier, depuis longtemps prévu en France, et comme complément la loi du 7 septembre 1880 (*Employer's liability act 1880*) a déterminé, d'une manière précise et rigoureuse, les cas dans lesquels l'ouvrier anglais a droit à une indemnité, lorsqu'il est victime d'un accident.

État de la question à la Chambre des députés au moment de la discussion.

Sans revenir sur l'exposé historique des discussions parlementaires auxquelles il sera facile à chacun de se reporter, nous dirons que la proposition adoptée par la Chambre des Députés, le 7 mai 1885, a été modifiée par le Sénat le 18 décembre 1885. Renvoyé à la Commission, le projet de la Chambre haute a été rapporté par M. Guillaumou, député (Annexe au procès-verbal de la séance du 12 juillet, n° 1068).

Nous donnons ci-après les deux dispositifs du Sénat et de la Commission de la Chambre des députés.

LOI SUR LES DÉLÉGUÉS MINEURS

ARTICLE PREMIER.

Dans toutes les exploitations minières qui occupent plus de deux cents ouvriers, travaillant à l'extraction ou employés au fond de la mine, il devra être établi une ou plusieurs circonscriptions à chacune desquelles seront attachés un délégué mineur et un délégué suppléant, appelé à le remplacer en cas d'empêchement,

Il pourra être établi des circonscriptions de délégués dans les exploitations occupant un moins grand nombre d'ouvriers. Il sera même loisible de grouper, pour être comprises dans une même circonscription, des exploitations distinctes d'un même bassin.

Dans l'un et l'autre cas, il y sera pourvu par des décrets, qui fixeront l'étendue de chaque circonscription.

Pour les exploitations visées par le paragraphe 1er ci-dessus, les décrets d'institution devront être rendus dans les six mois de la promulgation de la présente loi.

A toute époque, des décrets pourront créer de nouvelles circonscriptions, modifier les circonscriptions existantes, et même les supprimer, si elles ne se trouvent pas ou ne se trouvent plus dans les conditions visées dans le paragraphe 1er.

ARTICLE PREMIER.

Dans toute exploitation de mine, carrière souterraine et carrière à ciel ouvert assimilée, il devra être établi un délégué et un délégué suppléant aux fins prévues dans la présente loi.

Toutefois, un arrêté du Préfet, rendu sur le rapport des Ingénieurs des Mines, pourra dispenser de délégués les exploitations qui occuperaient moins de 25 ouvriers au fond.

Si une exploitation occupe plus de 250 ouvriers au fond, un arrêté du Préfet, rendu sur le rapport des Ingénieurs des Mines, pourra la diviser en sections ayant chacune un délégué et un délégué suppléant. Ces sections seront des circonscriptions souterraines définies par un plan qui restera annexé à l'arrêté du Préfet.

A toute époque, le Préfet pourra, par suite des changements survenus *dans les travaux*, et sur le rapport de l'Ingénieur des Mines, modifier le nombre et les limites des sections d'une exploitation.

Tout sectionnement d'une exploitation ou toute modification de section d'une exploitation devra être notifié à l'exploitant par le Préfet dans le mois où l'arrêté aura été pris.

---

(1) Voir page 24 le texte de la loi délibérée en séance publique le 8 juillet 1887.

Proposition adoptée par le Sénat.   *Proposition adoptée par la Commission.*

Art. 8.

Les délégués, dans leurs circonscriptions respectives, doivent consacrer, chaque mois, un temps équivalent à deux journées de travail, à la visite des travaux intérieurs des mines et des appareils d'aérage et d'extraction.

Ils doivent en outre procéder, sans délai, à la constatation des accidents survenus dans les mines.

Lorsqu'un délégué descend dans une mine pour procéder aux visites et constatations ci-dessus prévues, il est tenu de se conformer, au même titre que le personnel ouvrier, à toutes les mesures prescrites par les règlements en vue d'assurer l'ordre et la sécurité dans les travaux.

Les exploitants ne peuvent, sans encourir les peines édictées par l'article 96 de la loi du 21 avril 1810, apporter aucune entrave aux visites et constatations ci-dessus.

Ils sont tenus, sous la même pénalité, d'avertir, sur le champ, le délégué ou, à son défaut, le délégué suppléant, de la survenance des accidents ayant occasionné la mort ou des blessures graves à un ou plusieurs ouvriers, ou pouvant compromettre la sécurité des ouvriers.

Art. 2.

Les délégués dans leurs circonscriptions respectives, doivent au moins deux fois par mois, visiter tous les chantiers, galeries, travaux de l'intérieur des mines et des appareils servant à la circulation et au transport des ouvriers.

Ils doivent en outre procéder, sans délai, à la constatation des accidents survenus dans les travaux.

Lorsqu'un délégué descend dans une mine, pour procéder aux visites et constatations ci-dessus prévues, il est tenu de se conformer, au même titre que le personnel ouvrier, à toutes les mesures prescrites par les règlements en vue d'assurer l'ordre et la sécurité dans les travaux.

Les exploitants sont tenus d'avertir, sur le champ, le délégué ou, à son défaut, le délégué suppléant, de la survenance des accidents ayant occasionné la mort ou des blessures graves à un ou plusieurs ouvriers, ou pouvant compromettre la sécurité des ouvriers.

Art. 9

Le délégué rédige procès-verbal de chacune de ses visites ou constatations.

Il inscrit aussitôt ce procès-verbal sur un registre, fourni par l'exploi-

Art. 3.

Les observations relevées par les délégués dans chacune des visites faites par application de l'article précédent, doivent être le jour même consignées par lui sur un registre spécial, fourni

|

tant, et tenu par celui-ci, en permanence, sur la mine, à la disposition des ouvriers.

L'exploitant peut consigner ses dires et observations sur le même registre, en regard du procès-verbal.

Ce registre est visé par les Ingénieurs des Mines de l'État et par les gardes-mines, lors de leurs inspections.

Copie du procès-verbal inscrit au registre est envoyée par le délégué au Préfet, qui la transmet aux ingénieurs des Mines.

Les exploitants peuvent de même adresser au Préfet copie de leurs observations.

par l'exploitant et constamment tenu sur la mine à la disposition des ouvriers.

L'exploitant peut consigner ses dires et observations sur le même registre, en regard de ceux du délégué.

Copies des unes et des autres sont immédiatement et respectivement envoyées par leurs auteurs au Préfet, qui les communique aux ingénieurs des Mines.

Lors de leurs inspections, les ingénieurs des Mines de l'État et les gardes-mines devront viser le registre de chaque exploitation. Toujours, ils pourront se faire accompagner dans leurs visites par le délégué de la section.

ART. 2.

Sont électeurs tous les mineurs travaillant à l'extraction et les ouvriers employés au fond de la mine, dans le périmètre de la circonscription, quel que soit le lieu de leur domicile, pourvu qu'ils satisfassent aux conditions suivantes :

1° Être Français; 2° jouir de leurs droits électoraux politiques; 3° être âgés de vingt-cinq ans accomplis; 4° être attachés depuis un an au moins à l'exploitation.

Sont éligibles, à la condition de savoir lire et écrire et, en outre, de n'avoir jamais encouru de condamnation aux termes des dispositions de la loi du 21 avril 1810, du décret du 3 janvier 1813 et de l'article 414 du Code pénal.

1° Les électeurs ci-dessus désignés, attachés depuis deux ans au moins aux exploitations du bassin;

ART. 4.

Le délégué et le délégué suppléant sont élus au scrutin de liste par les ouvriers du fond et du jour de chaque siège d'exploitation.

Sont électeurs tous les ouvriers du fond et du jour attachés à l'extraction et aux manipulations des produits extraits, non compris leur transformation, employés dans le périmètre de l'exploitation ou de la section considérée, quel que soit le lieu de leur domicile, pourvu qu'ils satisfassent aux conditions suivantes :

1° Être Français;

2° Être agé de 21 ans accomplis;

3° Jouir de leurs droits électoraux politiques;

4° Être inscrit sur la dernière feuille de paie arrêtée pour l'exploitation ou la section considérée avant le décret de convocation des électeurs.

Proposition adoptée par le Sénat.	*Proposition adoptée par la Commission.*

2° Les anciens mineurs et anciens ouvriers du fond, âgés de vingt-cinq ans accomplis, jouissant de leurs droits électoraux politiques, domiciliés dans le périmètre de la circonscription, et ayant été attachés aux exploitations du bassin, pendant cinq ans au moins, dont trois ans dans la circonscription.

Art. 5.

Sont éligibles, à la condition de savoir lire et écrire, et en outre de n'avoir jamais encouru de condamnation aux termes des dispositions de la loi du 21 avril 1810 et du décret du 3 janvier 1813 :

1° les électeurs ci-dessus désignés âgés de 25 ans accomplis, travaillant au fond depuis un an au moins dans l'exploitation ou la section considérée ;

2° Les anciens mineurs domiciliés dans les communes de l'exploitation considérée, âgés de 25 ans accomplis, et ayant travaillé au fond un an au moins, dans l'exploitation ou la section considérée.

Art. 3.

Toutes les opérations électorales se font à la mairie de la commune de la circonscription.

Si plusieurs communes ou fractions de communes sont comprises dans une même circonscription, le décret d'institution devra désigner celle de ces communes à la mairie de laquelle devront avoir lieu les opérations.

Le maire, assisté de deux conseillers municipaux pris dans l'ordre du tableau, prépare la liste électorale.

Il est procédé à l'inscription de chaque électeur, sur la présentation d'un certificat émané du directeur ou de l'ingénieur de l'exploitation, constatant que l'ouvrier est attaché depuis un an au moins aux exploitations de la circonscription, et, à défaut de ce certi-

Art. 6.

La liste électorale est dressée par l'exploitant aussitôt après l'arrêté de convocation des électeurs.

Elle comprend tous les électeurs ci-dessus désignés figurant sur la feuille de la dernière paie effectuée avant la publication de l'arrêté de convocation.

Dans les huit jours qui suivront la publication de l'arrêté, la liste électorale devra être affichée par les soins de l'exploitant, et avec la division des électeurs par section, si des sections ont été établies, à chaque siège d'exploitation, aux lieux habituels pour les avis donnés aux ouvriers.

Les listes seront rectifiées s'il y a lieu, sur la demande des intéressés, dans les quinze jours qui suivront l'affichage, d'après les décisions du juge de

ficat, sur les preuves fournies par l'intéressé au maire et à ses assesseurs.

La liste électorale ainsi préparée est transmise au Préfet, qui l'arrête et la fait publier en la forme ordinaire.

Cette liste électorale devra être préparée, arrêtée et publiée dans les deux mois de la publication du décret instituant ou modifiant la circonscription.

Elle est revisée chaque année dans le courant du mois de janvier.

En cas de réclamation par les intéressés, le recours doit être formé dans les huit jours de la publication de la liste, devant le juge de paix qui statue d'urgence et en dernier ressort.

paix qui statue d'urgence et en dernier ressort.

Art. 4.

L'assemblée des électeurs est convoquée par un arrêté du préfet.

L'arrêté de convocation est publié dans la circonscription, huit jours au moins avant l'élection, qui doit toujours avoir lieu un dimanche. Il fixe la date de l'élection, ainsi que les heures auxquelles sera ouvert et fermé le scrutin, dont la durée doit être, au moins, de deux heures. Le vote a lieu à la mairie de la commune où a été dressée la liste électorale.

Lors de la création ou de la modification d'une circonscription, la réunion des électeurs doit avoir lieu dans le mois qui suit la publication de la liste électorale.

Art. 7.

Les électeurs sont convoqués par un arrêté du Préfet.

L'arrêté de convocation doit être publié et affiché dans les communes de l'exploitation et au siège de l'exploitation, trente jours au moins avant l'élection, qui doit toujours avoir lieu un dimanche. Il fixe la date de l'élection et indique les heures auxquelles sera ouvert et fermé le scrutin.

Le scrutin sera ouvert à 8 heures du matin et fermé à 6 heures du soir.

Le vote a lieu à la mairie de la commune du siège d'exploitation.

ART. 5.

Le bureau électoral est présidé par le maire qui prend, comme assesseurs, le plus âgé et le plus jeune des électeurs présents au moment de l'ouverture du scrutin, et, à défaut d'électeurs présents ou consentant à siéger, deux membres du Conseil municipal de la commune.

Chaque bulletin porte deux noms.

Nul n'est élu au premier tour de scrutin, s'il n'a obtenu la majorité absolue des suffrages exprimés et un nombre de voix égal au quart du nombre des électeurs inscrits.

Au deuxième tour de scrutin la majorité relative suffit, quel que soit le nombre des votants.

En cas d'égalité des suffrages, le plus âgé des candidats est élu.

Si un second tour de scrutin est nécessaire, il y est procédé sur-le-champ, dans les mêmes conditions de forme et de durée.

ART. 6.

Après le dépouillement du scrutin, le président proclame délégué le candidat qui a obtenu le plus de voix, et délégué suppléant celui qui a réuni ensuite le plus de suffrages.

Il dresse et transmet au Préfet le procès-verbal des opérations.

Les protestations doivent ou être consignées au procès-verbal, auquel alors sont jointes toutes les pièces à l'appui, ou être adressées, à peine de nullité, dans les trois jours qui suivent

ART. 8.

Le bureau électoral est présidé par *le maire* de la commune où est établi le siège principal de l'exploitation qui prend comme assesseurs le plus âgé et le plus jeune des électeurs présents au moment de l'ouverture du scrutin et, à défaut d'électeurs présents ou consentant à siéger, deux membres du Conseil municipal de la commune.

Chaque bulletin porte deux noms.

Nul n'est élu au premier tour de scrutin s'il n'a obtenu la majorité absolue des suffrages exprimés et un nombre de voix égal au quart du nombre des électeurs inscrits.

Au deuxième tour de scrutin, la majorité relative suffit, quel que soit le nombre des votants.

En cas d'égalité de suffrages, le plus âgé des candidats est élu.

Si un second tour de scrutin est nécessaire, il y est procédé le dimanche suivant dans les mêmes conditions de forme et de durée.

ART. 9.

Après le dépouillement du scrutin, le président proclame délégué le candidat qui a obtenu le plus de voix, et délégué suppléant celui qui a réuni ensuite le plus de suffrages.

Il dresse et transmet au Préfet le procès-verbal des opérations.

Les protestations doivent ou être consignées au procès-verbal, ou être adressées, à peine de nullité, dans les trois jours qui suivent l'élection, au Préfet qui en accuse réception.

Proposition adoptée par le Sénat. | *Proposition adoptée par la Commission.*

l'élection, au Préfet qui en accuse réception.

Les exploitants peuvent, comme les électeurs, adresser dans le même délai leurs protestations au Préfet.

En cas de protestation, ou si le Préfet estime que les conditions prescrites par la loi ne sont pas remplies, le dossier est transmis, au plus tard, le cinquième jour après l'élection, au Conseil de préfecture qui doit statuer dans les huit jours suivants.

En cas d'annulation, il est procédé à de nouvelles élections dans le délai d'un mois.

Les exploitants peuvent, comme les électeurs, adresser, dans le même délai, leur protestation au Préfet.

En cas de protestation, ou si le Préfet estime que les conditions prescrites par la loi ne sont pas remplies, le dossier est transmis, au plus tard, le cinquième jour après l'élection, au conseil de préfecture qui doit statuer dans les huit jours suivants.

En cas d'annulation, il est procédé à de nouvelles élections dans le délai d'un mois.

ART. 7.

Les délégués et délégués suppléants sont élus pour trois ans.

Toutefois, ils doivent continuer leurs fonctions tant qu'ils n'ont pas été remplacés.

A l'expiration des trois ans, et aussi dans le cas où le délégué et le délégué suppléant se trouvent tous deux ou décédés, ou démissionnaires, ou révoqués, ou déchus des qualités requises pour l'éligibilité, il est pourvu à leur remplacement dans le mois qui suit la dernière vacance.

Les nouveaux élus sont nommés pour trois ans.

ART. 10.

Les délégués et délégués suppléants sont élus pour trois ans.

Ils doivent être remplacés dans le mois qui suit l'expiration de leur mandat.

Toutefois, ils doivent continuer leurs fonctions tant qu'ils n'ont pas été remplacés.

Il devra être procédé à de nouvelles élections pour les sections qui seront créées par application du paragraphe 4 de l'article premier de la présente loi.

ART. 10.

Tout délégué ou délégué suppléant peut, pour négligence grave ou abus dans l'exercice de ses fonctions, être suspendu pendant trois mois au plus,

ART. 11.

Tout délégué ou délégué suppléant peut, pour négligence grave ou abus dans l'exercice de ses fonctions, être suspendu pendant trois mois au plus,

*par arrêté du Préfet, pris, après en-
quête, sur avis motivé de l'Ingénieur
des mines de l'État, et le délégué entendu.*

*L'arrêté de suspension est, dans la
quinzaine, soumis par le Préfet au Ministre des Travaux publics, lequel peut
lever ou réduire la suspension, et, s'il
y a lieu, prononcer la révocation du
délégué.*

*Les délégués et délégués suppléants
révoqués ne peuvent être réélus avant
un délai de trois ans.*

Art. 11.

L'article 7, paragraphe 3, du décret
du 3 janvier 1813 est ainsi modifié :

« En cas de contestations, trois experts
seront chargés de procéder aux vérifications nécessaires. Le premier sera
nommé par le Préfet ; le second par
l'exploitant ; le troisième sera, de droit,
le délégué de la circonscription, ou sera
désigné par le juge de paix du canton,
s'il n'existe pas de circonscription.

» Si la vérification intéresse plusieurs
circonscriptions, les délégués de ces
circonscriptions nommeront parmi eux
le troisième expert. »

Art. 12.

Les visites et constatations prescrites
par la présente loi seront payées aux
délégués comme journées de travail, à
raison de deux journées par mois pour
les visites mensuelles, et d'une journée
pour chacune des constatations.

Le prix de la journée est fixé tous

*par arrêté du Préfet, pris après en-
quête sur avis motivé de l'Ingénieur
des mines de l'État, et le délégué entendu.*

*L'arrêt de suspension est, dans la
quinzaine, soumis par le Préfet au Ministre des Travaux publics, lequel peut
lever ou réduire la suspension et, s'il
y a lieu, prononcer la révocation du
délégué.*

*Les délégués ou délégués suppléants
révoqués ne peuvent être réélus avant
un délai de trois ans.*

Art. 12.

L'article 7, paragraphe 3, du décret
du 3 janvier 1813 est ainsi modifié :

« En cas de contestations, trois experts
seront chargés de procéder aux vérifications nécessaires. Le premier sera
nommé par le Préfet ; le second par
l'exploitant ; le troisième sera de droit,
le délégué de la circonscription ou sera
désigné par le juge de paix du canton,
s'il n'existe pas de circonscription.

» Si la vérification intéresse plusieurs
circonscriptions, les délégués de ces
circonscriptions nommeront parmi eux
le troisième expert. »

Art. 13.

Les visites et constatations prescrites
par la présente loi sont payées aux
délégués comme journées de travail.

Chaque année, le Préfet, sur l'avis
des ingénieurs des mines de l'État, fixe
le prix de la journée *(et le nombre des
journées nécessaires pour chaque visite).*

Proposition adoptée par le Sénat.

Proposition adoptée par la Commission.

les ans par le Préfet, sur l'avis des ingénieurs des mines de l'État.

Ces frais restent à la charge des exploitants, qui doivent les payer mensuellement aux délégués.

Ces frais restent à la charge des exploitants qui doivent les payer mensuellement aux délégués.

Art. 14.

Dans tous les cas, les exploitants restent soumis à la responsabilité civile et pénale, tel qu'elle résulte, pour eux, du droit commun.

Art. 15.

Seront poursuivis et punis conformément à la loi du 21 avril 1810 :

Les exploitants qui apporteraient une entrave aux visites et constatations et contreviendraient aux autres dispositions de la présente loi.

Opinion des Chambres syndicales.

Le projet sénatorial n'avait d'ailleurs pas reçu l'assentiment des délégués des Chambres syndicales des mineurs réunies en congrès, le 7 janvier 1886, à Saint-Étienne. Voici le texte de leur délibération, qu'elles ont résumée sous forme de proposition de loi.

PROJET SÉNATORIAL

modifié par le congrès des mineurs.

ARTICLE PREMIER.

Il devra être établi un délégué mineur *par puits* et un délégué suppléant appelé à le remplacer en cas d'empêchement dans *toutes les exploitations minières.*

Le délégué mineur pourra être nommé dans un ou *plusieurs puits ne dépassant pas ensemble deux mille ouvriers travaillant à l'extraction,* ou employés au fond de la mine.

Pour les exploitations visées par le paragraphe 1er ci-dessus, les décrets d'institution devront être rendus dans les *trois mois* de la promulgation de la présente loi.

ART. 2.

Sont électeurs tous les mineurs travaillant à l'extraction et les ouvriers employés au fond de la mine, dans le périmètre de la circonscription, quel que soit le lieu de leur domicile, pourvu qu'ils satisfassent aux conditions suivantes :

1° Être Français ; 2° jouir de leurs droits électoraux politiques ; 3° être âgés de *vingt-un ans* accomplis ; 4° être attachés à l'*exploitation avant le décret de convocation :*

Sont éligibles, à la condition de savoir lire et écrire, etc., en outre de n'avoir jamais encouru de condamnations, aux termes des dispositions de la loi du 21 avril 1810, du décret du 3 janvier 1813 :

1° Les électeurs ci-dessus désignés, *attachés à l'exploitation avant le décret de convocation* ;

2° Les anciens mineurs du fond âgés de vingt-cinq ans accomplis, jouissant de leurs droits électoraux politiques.

Art. 3.

Toutes les opérations électorales se font à la mairie de la commune de la circonscription.

Les compagnies seront tenues de déposer la liste des électeurs de chaque puits, à la mairie, quinze jours avant l'élection et de l'afficher sur le puits de la circonscription.

Si plusieurs communes ou fractions de communes sont comprises dans une même circonscription, *le préfet désignera celle des communes où devront avoir lieu les opérations.*

Le maire, assisté de deux conseillers municipaux pris dans l'ordre du tableau, *inscrit le relevé des électeurs qu'il adresse au préfet.*

La liste électorale est arrêtée par le préfet.

Elle est revisée à chaque *élection.*

En cas de réclamation par les intéressés, le recours doit être formé dans les *quinze jours* de la publication de la liste, devant le juge de paix qui statue d'urgence et en dernier ressort.

Art. 4.

Les électeurs seront convoqués par un arrêté du préfet.

L'arrêté de convocation est publié dans la circonscription *quinze jours* au moins avant l'élection, qui doit toujours avoir lieu un dimanche. Il fixe la date de l'élection ainsi que les heures auxquelles sera ouvert et fermé le scrutin.

Le scrutin sera ouvert à huit heures du matin et fermé à six heures du soir.

2

Le vote a lieu à la mairie de la commune qui sera désignée par le préfet.

ART. 5.

Le bureau électoral est présidé par le maire qui prend, comme assesseurs, le plus âgé et le plus jeune des électeurs présents au moment de l'ouverture du scrutin, et à défaut d'électeurs présents ou consentant à siéger, deux membres du conseil municipal de la commune.

Chaque bulletin porte deux noms.

Nul n'est élu au premier tour de scrutin, s'il n'a obtenu la majorité des suffrages exprimés et un *nombre de voix égal au quart du nombre des électeurs inscrits*.

Au deuxième tour de scrutin la majorité relative suffit, quel que soit le nombre des votants.

En cas d'égalité des suffrages, le plus âgé des candidats est élu.

Si un second tour de scrutin est nécessaire, il y est procédé *le dimanche après*, dans les mêmes conditions de forme et de durée.

ART. 6.

Après le dépouillement du scrutin, le président proclame délégué le candidat qui a obtenu le plus de voix, et délégué suppléant celui qui a réuni ensuite le plus de suffrages.

Il dresse et transmet au préfet le procès-verbal des opérations.

Les protestations doivent être consignées au procès-verbal, auquel sont alors jointes toutes les pièces à l'appui.

Les exploitants peuvent, comme les électeurs, adresser, dans le même délai leurs protestations au préfet.

En cas de protestations, ou si le préfet estime que les conditions prescrites par la loi, ne sont pas remplies, le dossier est transmis au plus tard le cinquième jour après l'élection, au conseil de préfecture qui doit statuer dans les huit jours suivants.

En cas d'annulation, il est procédé à de nouvelles élections dans le délai d'un mois.

Art. 7.

Les délégués et délégués suppléants sont élus pour trois ans.

Toutefois ils doivent continuer leurs fonctions tant qu'ils n'ont pas été remplacés.

A l'expiration des trois ans, et aussi dans le cas où le délégué et le délégué suppléant se trouvent tous deux décédés, ou démissionnaires, ou *révoqués*, ou déchus des qualités requises pour l'éligibilité, il est pourvu à leur remplacement dans le mois qui suit la dernière vacance.

Les nouveaux élus sont nommés pour trois ans.

Art. 8.

Les délégués, dans leurs circonscriptions respectives, doivent, *au moins deux fois par mois, visiter tous les chantiers, galeries,* travaux de l'intérieur des mines et les appareils d'aérage et d'extraction.

Ils doivent en outre procéder sans délai, à la constatation des accidents survenus dans les mines.

Les délégués sont libres de descendre et monter à toute heure de la journée selon l'exigence de leurs travaux.

Les exploitants ne peuvent, sans encourir les peines édictées par l'article 96 de la loi du 21 avril 1810, apporter aucune entrave aux visites et constatations ci-dessus.

Ils sont tenus, sous la même pénalité, d'avertir sur-le-champ, le délégué, ou à son défaut le délégué suppléant, de la survenance des accidents ayant occasionné la mort ou des blessures *entraînant incapacité de travail* à un ou plusieurs ouvriers, ou pouvant compromettre la sécurité des ouvriers.

Art. 9.

Le délégué rédige procès-verbal de chacune de ses visites, constatations, *des chantiers qu'il aura visités et des appareils d'aérage et d'extraction.*

Il inscrit aussitôt ce procès-verbal sur un registre, fourni par l'exploitant, et tenu par celui-ci en permanence sur la mine, à la disposition desouvriers.

L'exploitant peut consigner, ses dires et observations sur le même registre, en regard du procès-verbal.

Ce registre est visé par les ingénieurs de l'État, et par les gardes-mines, lors de leurs inspections.

Copie du procès-verbal inscrit au registre, est envoyée au préfet qui la transmet aux ingénieurs des mines.

Les exploitants peuvent de même adresser au préfet copie de leurs observations.

ART. 10.

Tout délégué et délégué suppléant peut, pour négligence grave ou abus dans l'exercice de ses fonctions, être suspendu pendant trois mois au plus, par arrêté du préfet, pris après enquête sur avis motivé de l'ingénieur des mines de l'État, et le délégué entendu.

L'arrêté de suspension est, dans la quinzaine, soumis par le préfet au ministre des travaux publics, lequel peut lever ou réduire la suspension, et s'il y a lieu, prononcer la révocation du délégué.

Les délégués et délégués suppléants révoqués ne peuvent être réélus avant un délai de trois ans.

ART. 11.

L'article 7, paragraphe 3, du décret du 3 janvier 1813, est ainsi modifié (1).

---

(1) Article 7 du décret du 3 janvier 1813 :

Lorsqu'une partie ou la totalité d'une exploitation sera dans un état de délabrement ou de vétusté tel que la vie des hommes aura été compromise ou pourrait l'être, et que l'ingénieur des mines ne jugera pas possible de la réparer convenablement, l'ingénieur en fera son rapport motivé au préfet, qui prendra l'avis de l'ingénieur en chef et entendra l'exploitant ou ses ayants cause.

Dans le cas où la partie intéressée reconnaîtrait la réalité du danger indiqué par l'ingénieur, le préfet ordonnera la fermeture des travaux.

En cas de contestation, trois experts seront nommés, le premier par le préfet, le second par l'exploitant et le troisième par le juge de paix du canton.

Les experts se transporteront sur les lieux; ils y feront toutes les vérifications nécessaires, en présence d'un membre du conseil d'arrondissement délégué à cet effet par le préfet, et avec assistance de l'ingénieur en chef, ils feront au préfet un rapport motivé.

Le préfet en référera au Ministre en donnant son avis.

Le Ministre, sur l'avis du Préfet et sur le rapport du directeur général des mines, pourra statuer, sauf recours au Conseil d'État.

Le tout sans préjudice des dispositions portées pour le cas d'urgence, dans l'article 4 du décret.

« En cas de contestations, trois experts seront chargés de procéder aux vérifications nécessaires. Le premier sera nommé par le
préfet ; le second par l'exploitant ; le troisième sera de droit, le
délégué de la circonscription, ou sera designé par le juge de paix
du canton, s'il n'existe pas de circonscription.

» Si la vérification intéresse plusieurs circonscriptions, les délégués de ces circonscriptions nommeront parmi eux le troisième
expert. »

ART. 12.

Les délégués mineurs seront payés par un appointement mensuel
fixé par l'ingénieur de l'État et à la charge de l'État.

Depuis, si l'on en croit les organes où sont exposées habituelle-
ment les revendications des ouvriers mineurs, le projet de M. Guillaumou ne les satisferait nullement ; ils demanderaient que le délégué
mineur fût un agent permanent, tenant son autorité de l'État et
rétribué par lui, mais nommé par les ouvriers.

C'est ainsi que M. le député Basly tenait, dans une réunion qui a
eu lieu à Decazeville le 8 novembre 1886, le langage suivant :

« En ce qui concerne le projet de loi sur l'institution des délégués
mineurs, on peut dire aussi qu'il est important au point que s'il
devait être maintenu tel quel, il y aurait tout intérêt pour nous à
en demander l'ajournement.

» Vous savez le rôle de ces délégués que le projet vous chargerait
d'élire. Ils visiteraient les chantiers deux fois par mois et donne-
raient leur avis touchant les mesures à prendre pour éviter les
accidents. Chacune de ces visites pourrait demander plusieurs jours
suivant la longueur des galeries, les difficultés particulières de
l'exploitation et les délégués recevraient de la Compagnie une rému-
nération calculée d'après le nombre des journées passées dans la

mine. Enfin, les délégués seraient chargés de dresser procès-verbal des accidents et recevraient de ce chef également une indemnité payée par la Compagnie.

» Mais n'est-il pas évident, citoyens, que s'ils sont payés par la Compagnie, vos délégués n'auront point vis-à-vis d'elle l'indépendance nécessaire pour vous représenter utilement ? N'est-il pas évident aussi que ces fonctions rétribuées, comme elles le seraient d'après le système que je viens de vous expliquer, ne donneront point assez à gagner à leur titulaire et seront pour lui une charge très honorifique sans doute, mais incompatible peut-être avec ses obligations de père de famille, et ne vaudrait-il pas mieux d'abord faire payer le délégué mineur par l'État et ensuite lui faire payer un traitement fixe comme aux agents de l'État?

» C'est là le seul moyen de fonder une institution durable et utile, une institution pouvant constituer une amélioration véritable du sort des mineurs, un des progrès réellement démocratiques par lesquels, dans les pays républicains on doit toujours tendre à conjurer la guerre sociale, avec son sinistre cortège de privations et de misères.

» Je vous propose donc de prendre un vote de protestation contre les lois en projet. »

Etat de la question à la Chambre des députés après la discussion.

Le projet de la Commission de la Chambre des députés vint en discussion dans les séances des 17, 24 juin, 1er et 8 juillet 1887. Au cours de la discussion de nombreux amendements avaient été présentés et les orateurs qui avaient notamment pris part à la discussion avaient été :

MM. Basly ;
de la Batie ;
de Clercq ;

MM. Guillaumou ;
    de Hérédia, ministre des travaux publics ;
    Imbert ;
    Jaurès ;
    Laur (Francis) ;
    Pernolet ;
    Piou ;
    Renard (Léon) ;
    Simyan ;
    Thellier de Poncheville ;
    Wickersheimer.

Une analyse de la discussion en rendrait mal, ou difficilement la physionomie, et nous espérons que nos lecteurs voudront bien se reporter au texte du *Journal Officiel*. Tout a été dit et bien dit pour et contre l'institution, excepté peut-être ce qui était, tout au moins, au fond de la pensée de quelques-uns, et qui a été formulé quelques jours après le vote de la loi, dans un article paru dans l'*Intransigeant*, sous la signature de M. Basly.

« La voilà donc enfin votée par la Chambre, cette loi sur les délégués mineurs, depuis si longtemps attendue par les cent mille houilleurs de France ! Certes, elle n'est pas ce que nous aurions voulu qu'elle fût ; cependant, elle réalise un progrès certain par cela même qu'elle sanctionne le principe de la surveillance ouvrière là où des vies ouvrières sont en péril. Malgré l'hostilité de la coalition opportuno-orléaniste, nous avons pu, dans une assez large mesure, garantir l'indépendance des délégués mineurs, leur donner toute l'autorité nécessaire pour que leur action contre l'incurie des Compagnies pût librement s'exercer, quand il s'agira d'établir les responsabilités patronales, soit à la suite d'accidents isolés, soit à la suite de ces effrayantes catastrophes qui, trop souvent, hélas ! mettent en deuil nos populations minières.

. . . .

» Si donc, les mineurs n'ont pas obtenu complète satisfaction ; si, malgré l'appui de l'extrême-gauche et de la gauche radicale, la loi, telle qu'ils la réclamaient a avorté, c'est M. Guillaumou, ses alliés de droite et ses suivants de gauche qu'ils doivent en rendre responsables.

» Il fallait cependant faire quelque chose, sortir du gâchis tout en donnant sur les points essentiels satisfaction réelle aux mineurs. Voilà pourquoi on s'est arrêté à un projet transactionnel.

» *Le principe des délégués ouvriers indépendants et payés par les Compagnies reçoit une première application ; c'est un grand pas de fait et il faut espérer que la poussée socialiste s'accentuant dans le pays, d'autres viendront après nous qui pourront reprendre la loi pour l'élargir et lui donner sa signification et sa portée définitives.* »

On peut rapprocher ce langage de celui que tenait le socialiste démocrate Liebknecht, à propos de la loi allemande d'assurance obligatoire contre la maladie. « Les socialistes voteront la loi. Ce n'est pas eux qui sont allés au chancelier, c'est le chancelier qui est venu à eux et quand il aura, de sa main puissante, fait entrer la nouvelle loi, comme la pointe d'un coin, dans l'organisation sociale moderne, il faut espérer que le gros bout fera éclater le reste. »

Quoi qu'il en soit, le texte de la loi délibérée en séance publique par la Chambre des députés, le 8 juillet 1887, est comme suit :

ARTICLE PREMIER.

Dans toute exploitation de mine, minière ou carrière souterraine, minière ou carrière à ciel ouvert assimilée aux exploitations souterraines, il devra être établi un délégué ouvrier et un délégué ouvrier suppléant aux fins prévues par la présente loi.

Des décrets rendus dans la forme des règlements d'administration publique détermineront les minières ou carrières à ciel ouvert qui, en raison des dangers qu'elles présentent, sont assimilées aux exploitations souterraines pour l'application de la présente loi.

Un arrêté du préfet, rendu sur le rapport des ingénieurs des mines, pourra dispenser de délégués les exploitations qui emploieraient moins de vingt-cinq ouvriers travaillant au fond dans le cas d'exploitations souterraines, ou travaillant à l'extraction dans le cas de minières ou carrières à ciel ouvert assimilées.

Lorsque l'exploitation comprendra moins de 250 ouvriers travaillant au fond ou à l'extraction, le délégué devra consacrer à chacune de ses visites deux journées au moins.

Lorsque l'exploitation comprendra 250 à 500 ouvriers, le nombre des journées consacrées à chaque visite ne pourra être inférieur à quatre.

Lorsque l'exploitation comprendra de 500 à 1,000 ouvriers, le nombre des journées consacrées à chaque visite ne pourra être inférieur à huit.

Lorsque l'exploitation comprendra de 1,000 à 1,500 ouvriers, le nombre des journées consacrées à chaque visite ne pourra être inférieur à douze.

Toute exploitation comprenant 1,500 ouvriers devra, par un arrêté du préfet rendu sur le rapport des ingénieurs des mines, être divisée au moins en deux sections ayant chacune un délégué et un délégué suppléant. Dans chacune de ces sections les délégués fonctionneront comme il est dit ci-dessus. Ces sections seront des circonscriptions souterraines définies par un plan qui restera annexé à l'arrêté du préfet. Ce plan sera fourni par l'exploitant en triple expédition, sur la demande du préfet et conformément à ses indications. Une des expéditions restera déposée à la mairie de la commune où est situé le siège principal de l'exploitation et y sera tenue à la disposition de tous intéressés.

A toute époque le préfet pourra, par suite des changements survenus dans les travaux, créer de nouvelles sections ou modifier les sections existantes si elles ne se trouvent pas ou ne se trouvent plus dans les conditions visées par le présent article.

Tout sectionnement d'une exploitation ou toute modification de section d'une exploitation devra être notifié à l'exploitant par le préfet dans le mois où l'arrêté aura été pris.

ART. 2.

Les délégués, dans leurs circonscriptions respectives, doivent, au moins deux fois par mois, visiter tous les chantiers, galeries, travaux de l'intérieur des mines, les appareils servant à la circulation et au transport des ouvriers.

Ils doivent, en outre, procéder sans délai à la constatation des accidents survenus dans les travaux.

Lorsqu'un délégué descend dans une mine pour procéder aux visites et constatations ci-dessus prévues, il est tenu de se conformer à toutes les mesures prescrites par les règlements en vue d'assurer l'ordre et la sécurité dans les travaux.

Les exploitants sont tenus d'avertir, sur-le-champ, le délégué ou, à son défaut, le délégué suppléant de la survenance des accidents ayant occasienné la mort ou des blessures entraînant la cessation du travail à un ou plusieurs ouvriers, ou pouvant compromettre la sécurité des ouvriers.

Le délégué suppléant ne remplace le délégué, qu'en cas d'empêchement de celui-ci par cessation de fonctions ou d'absence momentanée. Avis préalable en devra être donné par le délégué à l'exploitant et au délégué suppléant.

Art. 3.

Les observations relevées par les délégués, dans chacune des visites et constatations faites par application de l'article précédent, doivent être le jour même consignées par lui sur un registre spécial, fourni par l'exploitant et constamment tenu sur la mine à la disposition des ouvriers.

Le délégué, après chacune de ses visites et constatations, inscrit sur le registre les heures auxquelles il est entré dans les chantiers et en est sorti, ainsi que l'itinéraire suivi par lui.

L'exploitant peut consigner ses dires et observations sur le même registre, en regard de ceux du délégué.

Des copies des unes et des autres sont immédiatement et respectivement envoyées par leurs auteurs au préfet, qui les communique aux ingénieurs des mines.

Lors de leurs inspections les ingénieurs des mines de l'État et les gardes-mines devront viser le registre de chaque exploitation.

Toujours, ils pourront se faire accompagner dans leurs visites par le délégué de la section.

ART. 4.

Les délégués et les délégués suppléants sont élus au scrutin de liste par les ouvriers du fond et du jour de chaque circonscription.

Sont électeurs tous les ouvriers du fond et du jour attachés à l'extraction et aux manipulations des produits extraits, non compris leur transformation, employés dans le périmètre de l'exploitation ou de la section considérée, quel que soit le lieu de leur domicile, pourvu qu'ils satisfassent aux conditions suivantes :

1° Être Français ;

2° Être âgés de vingt-et-un ans accomplis ;

3° Jouir de leurs droits politiques ;

4° Être inscrits sur la dernière feuille de paye arrêtée pour l'exploitation ou la section considérée avant le décret de convocation des électeurs.

ART. 5.

Sont éligibles, à la condition de savoir lire et écrire, et en outre de n'avoir jamais encouru de condamnation aux termes des dispositions de la loi du 21 avril 1810 et du décret du 3 janvier 1813 :

1° Les électeurs ci-dessus désignés âgés de vingt-cinq ans accomplis, travaillant au fond depuis cinq ans au moins dans l'exploitation ou la section considérée ;

2° Les anciens mineurs ou carriers domiciliés dans les communes de l'exploitation considérée, ayant vingt-cinq ans accomplis et ayant travaillé pendant cinq ans au moins, soit au fond, s'il s'agit d'une exploitation souterraine, soit à l'extraction, s'il s'agit d'une exploitation à ciel ouvert.

ART. 6.

La liste électorale est dressée par l'exploitant aussitôt après l'arrêté de convocation des électeurs.

Elle comprend tous les électeurs ci-dessus désignés figurant sur la feuille de la dernière paye effectuée avant la publication de l'arrêté de convocation.

Dans les huit jours qui suivront la publication de l'arrêté, la liste électorale devra être affichée par les soins de l'exploitant et avec la division des électeurs par section, si les sections ont été établies, à chaque siège d'exploitation, aux lieux habituels pour les avis donnés aux ouvriers.

Les listes seront rectifiées, s'il y a lieu, sur la demande des intéressés, dans les quinze jours qui suivront l'affichage, d'après les décisions du juge de paix qui statue d'urgence et en dernier ressort.

ART. 7.

Les électeurs sont convoqués par un arrêté du préfet.

L'arrêt de convocation doit être publié et affiché dans les communes de l'exploitation et au siège principal de l'exploitation, trente jours au moins avant l'élection qui doit toujours avoir lieu un dimanche. Il fixe la date de l'élection et indique les heures auxquelles sera ouvert le scrutin.

Le scrutin sera ouvert à 8 heures du matin et fermé à 6 heures du soir.

Le vote a lieu à la mairie de la commune du siège principal de l'exploitation.

ART. 8.

Le bureau électoral est présidé par le maire de la commune où est établi le siège principal de l'exploitation, qui prend comme assesseurs le plus âgé et le plus jeune des électeurs présents au moment de l'ouverture du scrutin, et à défaut d'électeurs présents ou consentant à siéger, deux membres du Conseil municipal de la commune.

Le vote a lieu, sous peine de nullité, sous enveloppe d'un type uniforme déposé à la préfecture.

Chaque bulletin porte deux noms.

Nul n'est élu au premier tour de scrutin, s'il n'a obtenu la majorité absolue des suffrages exprimés et un nombre de voix égal au quart du nombre des électeurs inscrits.

Au deuxième tour de scrutin, la majorité relative suffit quel que soit le nombre des votants.

En cas d'égalité de suffrages, le plus âgé des candidats est élu.

Si un second tour de scrutin est nécessaire, il y est procédé le dimanche suivant dans les mêmes conditions de forme et de durée.

Art. 9.

Ceux qui, par voies de fait ou violence, dons ou promesses, menaces de perte d'emploi ou privation de travail, auront influencé le vote, seront punis d'un emprisonnement d'un mois à un an, et d'une amende de 100 à 2,000 francs.

Art. 10.

Après le dépouillement du scrutin, le président proclame délégué le candidat qui a obtenu le plus de voix, et délégué suppléant celui qui a réuni ensuite le plus de suffrages.

Il adresse et transmet au Préfet le procès-verbal des opérations.

Les protestations doivent être consignées au procès-verbal, ou être adressées, à peine de nullité, dans les trois jours qui suivent l'élection, au préfet qui accuse réception.

Les exploitants peuvent, comme les électeurs, adresser dans le même délai, leur protestation au Préfet.

En cas de protestation, ou si le Préfet estime que les conditions prescrites par la loi ne sont pas remplies, le dossier est transmis, au plus tard, le cinquième jour après l'élection, au Conseil de préfecture qui doit statuer dans les huit jours suivants.

En cas d'annulation, il est procédé à de nouvelles élections dans le délai d'un mois.

Art. 11.

Les délégués et délégués suppléants sont élus pour trois ans; toutefois ils doivent continuer leurs fonctions tant qu'ils n'ont pas été remplacés.

A l'expiration des trois ans, il est procédé à de nouvelles élections dans le délai d'un mois.

Il est pourvu, dans le mois qui suit la vacance, au remplacement du délégué ou du délégué suppléant, décédé ou démissionnaire, ou révoqué, ou déchu des qualités requises pour l'éligibilité. Le nouvel élu est nommé pour le temps qui s'écoulera jusqu'au terme qui était assigné aux fonctions de celui qu'il remplace.

Il devra être procédé à de nouvelles élections pour les sections qui seront créées par application du paragraphe 4 de l'article premier de la présente loi.

ART. 12.

Tout délégué ou délégué suppléant peut, pour négligence grave ou abus dans l'exercice de ses fonctions, être suspendu pendant trois mois au plus, par arrêté du Préfet, pris après enquête, sur avis motivé de l'Ingénieur des mines de l'État, et le délégué entendu.

L'arrêt de suspension est, dans la quinzaine, soumis par le Préfet au Ministre des Travaux publics, lequel peut lever ou réduire la suspension et, s'il y a lieu, prononcer la révocation du délégué.

Les délégués et délégués suppléants ne peuvent être réélus avant un délai de trois ans.

ART. 13.

L'article 7, § 3 du décret du 3 janvier 1813 est ainsi modifié :
« En cas de contestations, trois experts seront chargés de procéder aux vérifications nécessaires. Le premier sera nommé par le Préfet ; le second par l'exploitant ; le troisième sera, de droit, le délégué de la circonscription ou sera désigné par le juge de paix du canton, s'il n'existe pas de circonscription.

» Si la vérification intéresse plusieurs circonscriptions, les délégués de ces circonscriptions nommeront parmi eux le troisième expert. »

ART. 14.

Les visites et constatations prescrites par la présente loi sont payées aux délégués comme journées de travail.

Chaque année, le Préfet, sur l'avis des Ingénieurs des mines de l'État, fixe le prix de la journée, et le nombre maximum des journées que les délégués doivent employer aux visites.

Ces frais restent à la charge des exploitants qui doivent verser au Trésor, dans la huitaine de la notification, le montant des rôles mensuels dressés par les ingénieurs des mines de l'État et arrêtés par le Préfet. La somme due à chaque délégué lui est payée par le Trésor, sur mandat mensuel délivré par le Préfet.

ART. 15.

Dans tous les cas, les exploitants restent soumis à la responsabilité civile et pénale, telle qu'elle résulte, pour eux, du droit commun.

ART. 16.

Seront poursuivis et punis conformément à la loi du 21 avril 1810 :

Les exploitants qui apporteraient une entrave aux visites et constatations et contreviendraient aux autres dispositions de la présente loi.

De la protection des ouvriers.

C'est chose précieuse que la vie humaine et tous les problèmes qui touchent à sa conservation, préoccupent au plus juste titre le philosophe et l'économiste.

Comment cette protection s'exerce-t-elle et par l'État et par les particuliers, actuellement en France? c'est ce que nous allons examiner.

De la protection des ouvriers par l'Etat.

L'industrie minière de nos jours est fille de la loi du 21 avril 1810, nous ne remonterons pas plus haut.

Les individus sont protégés par la loi du 21 avril 1810 et le décret du 3 janvier 1813, complété par l'ordonnance du 26 mars 1843.

Le droit de police que s'est réservé l'État, à juste titre, sur les exploitations minières, est exercé par le Corps national des mines.

La France est divisée en dix-sept arrondissements minéralogiques : chaque arrondissement est dirigé par un ingénieur en chef des mines qui a sous ses ordres un ou plusieurs ingénieurs ordinaires, chargés chacun de l'une des circonscriptions de l'arrondissement minéralogique. Chaque ingénieur ordinaire a sous ses ordres un ou plusieurs gardes-mines qui ne font pas partie du Corps des mines et qui sont ses agents auxiliaires.

Les arrondissements minéralogiques forment cinq inspections placées chacune sous le contrôle d'un inspecteur général des mines ; enfin le corps tout entier a, à sa tête, le Conseil général des mines exclusivement composé d'inspecteurs généraux et présidé par le Ministre.

Le Corps des mines se recrute parmi les élèves de l'École Polytechnique qui reçoivent, à la sortie de cette école, un enseignement spécial d'une durée de trois ans à l'École des mines de Paris.

Le Corps des mines a le droit absolu d'inspection de toute l'exploitation minière. Le contrôle est exercé par des tournées annuelles des inspecteurs généraux et par les visites des ingénieurs en chef, ingénieurs ordinaires et gardes-mines qui résident au chef-lieu, soit des arrondissements, soit des circonscriptions minéralogiques.

L'exploitant est tenu par la loi d'avoir constamment à jour les plans de son exploitation et un registre d'avancement sur lequel sont consignés tous les faits et observations intéressant les travaux.

L'ingénieur des mines a droit de visite à toute heure et dans toutes conditions. Il a le droit de se faire présenter les documents, d'interroger tout le personnel. Il a plus : en cas d'accident, il a le droit de prendre le commandement des travaux et s'il ne juge pas à propos de le prendre directement, ses ordres, quels qu'ils soient, doivent être suivis par l'exploitant.

Ainsi, la surveillance du Corps des mines s'exerce en pratique d'une manière constante sur tous les engins et toutes les parties d'une exploitation minière; ses dires sont consignés dans les procès-verbaux de visite.

Nous n'envisageons ici que la partie des attributions du Corps des mines, concernant la sécurité de l'exploitation ; nous n'avons pas besoin d'ajouter qu'il en est d'autres intéressant la conservation des richesses minérales, l'obtention des concessions, le recouvrement de l'impôt, etc.

« Les ingénieurs des mines, disait l'exposé des motifs de la loi de 1810, porteront partout des lumières et des conseils, sans imposer des lois, sans exercer aucune contrainte sur la direction des travaux. Ils n'auront d'action que pour prévenir les dangers, pourvoir à la conservation des édifices et assurer la sûreté des individus. Ils éclaireront les propriétaires et l'administration. Ils rechercheront les faits, les constateront et ne statueront jamais. Ce droit est réservé aux tribunaux et à l'administration. »

On voit, par cet exposé sommaire, que l'État est armé d'une manière très forte et permanente pour la surveillance des conditions de travail et de sécurité, quant à la vie humaine, vis-à-vis des exploitants. Il est armé dans des conditions qui lui donnent tout moyen d'action et il a à sa disposition un Corps d'ingénieurs dont le savoir, l'expérience et l'indépendance lui donnent des gages de tout repos.

De la surveillance des travaux par les exploitants.

La loi a constitué la propriété minière comme suit:

Loi du 21 avril 1810. — Titre II. De la propriété des mines.

§ 5. — Les mines ne peuvent être exploitées qu'en vertu d'un acte de concession délibéré en Conseil d'État.

3

§ 7. — Il (cet acte) donne la propriété perpétuelle de la mine, laquelle est dès lors disponible et transmissible comme tous autres biens...

§ 8. — Les mines sont immeubles...

Le texte est formel: l'institution de la concession a créé une propriété, avec toutes les conséquences de la loi civile; les mines sont des propriétés foncières soumises aux lois des autres biens. Le propriétaire est responsable de tout dommage ; il en est responsable dans sa personne et dans ses biens. S'il crée un dommage, la justice est là pour l'apprécier, suivant les articles 1382 et suivants du Code civil. Nous n'étonnerons personne en disant combien, en France, la balance penche du côté du travailleur, de celui qui ne possède pas, et nous le dirons sans esprit d'acrimonie. Nous ajouterons qu'en pratique, la justice est rendue gratuitement en sa faveur, grâce au fonctionnement de l'assistance judiciaire, qui est toujours ou presque toujours accordée : les faits qui peuvent le prouver surabonderaient. Nous ne voulons retenir que le fait de la responsabilité de l'exploitant, étant de ceux qui pensent qu'aucun règlement, qu'aucune loi ne prévalent contre l'intérêt particulier et que, quelles que soient les théories humanitaires dont chacun peut faire profession ou parade, leur meilleure sanction c'est l'intérêt.

Cet intérêt, cette responsabilité civile et correctionnelle, comment l'exploitant les sauvegarde-t-il ?

Les écoles publiques lui fournissent des ingénieurs qui proviennent :

De l'École des mines supérieure de Paris (4 ans d'études spéciales) ;

De l'École des mines de Saint-Étienne (3 ans d'études spéciales);

De l'École centrale des arts et manufactures (3 ans d'études spéciales).

On compte employés directement à l'exploitation des mines françaises,

362 ingénieurs, provenant :

De l'Écoles des mines supérieure de Paris. . . .   26
De l'École des mines de Saint-Étienne.   278
De l'École centrale   68

non compris les nombreux ingénieurs qui, n'ayant pas reçu dans leur jeunesse le brevet d'ingénieur d'une des écoles ci-dessus, se sont élevés dans la pratique jusqu'à ces positions, les ingénieurs sortis du rang, comme on dit dans l'armée.

Les écoles publiques fournissent à l'industrie minière des maîtres mineurs provenant des écoles de maîtres mineurs d'Alais (2 ans d'études) et de Douai (2 ans d'études). Un grand nombre de ces maîtres mineurs arrivent, par leur mérite reconnu, à remplir les fonctions d'ingénieurs. Mais les maîtres mineurs sont recrutés en bien plus grand nombre, parmi les ouvriers.

En général, l'organisation de la conduite des travaux, dans une mine française, est conçue de la manière suivante :

Un directeur, qui peut réunir dans ses mains les fonctions techniques et administratives et qui est responsable vis-à-vis de l'État, divise la mine, quelquefois avec l'intermédiaire d'un ingénieur en chef de l'exploitation, en un certain nombre de divisions : à la tête de chacune d'elles est placé un ingénieur divisionnaire. Cet ingénieur divisionnaire a quelquefois sous ses ordres un ou plusieurs sous-ingénieurs En tout cas, la division est partagée en un certain nombre de sections dont chacune est commandée par autant de maîtres mineurs. La section du maître mineur est elle-même divisée et partagée entre les surveillants, porions, aides porions, chefs de poste.

Tout ce personnel de surveillance est emprunté parmi les ouvriers présentant la compétence nécessaire : c'est ainsi qu'un bon ouvrier devient successivement aide porion, porion, maître mineur et plus. C'est l'avancement par le rang, et ce n'est pas en France qu'on attaquera ce mode de recrutement.

Nous rappelons qu'on ne parle ici que de la surveillance des travaux du fond, en se plaçant au point de vue de la question des délégués mineurs. La surveillance de la surface et de ses engins est assurée d'une manière analogue, mais on se garde bien de donner la surveillance d'une machine d'extraction à un maître mineur, incompétent dans ce cas particulier, bien que l'institution des délégués mineurs ait l'intention de confier à un délégué qui n'a, pour tout titre technique, que d'avoir travaillé, à une époque quelconque pendant cinq ans, dans une mine, à un titre quelconque, la surveillance non seulement des chantiers, galeries et travaux de l'intérieur des mines, mais aussi des appareils servant à la circulation et au transport des ouvriers.

Ainsi, un ingénieur divisionnaire visitant sa division entière, ce que les règlements intérieurs lui commandent, rencontre successivement le maître mineur de la section, puis les porions et aides porions des quartiers : il quitte, par quartier, ces derniers, puis le maître mineur, pour rencontrer, au quartier suivant, un autre maître mineur et ses porions.

Précisons par un chiffre :

Dans une grande mine française, on compte, non compris les ingénieurs, un agent résidant d'une manière permanente dans les travaux, soit un chef responsable, pour un nombre d'ouvriers variant de 28 à 40, suivant les difficultés de l'exploitation.

C'est là une armée encadrée; ce n'est pas, comme on s'est plu à le représenter, une cohue d'hommes envoyée à un travail obscur. C'est le travail en commun, dans les mêmes conditions, dans le même milieu pour tous. Ils ont tous l'honneur de porter la veste du mineur, depuis l'ingénieur en chef jusqu'au gamin qui garde une barrière; ils vivent tous de la même vie, respirent le même air. Et pourquoi ? parce que c'est le métier des mines, comme on dit. Qu'on laisse donc la légende en paix et qu'on sache que, dans la mine, comme dans l'armée, de par les nécessités de la profession, de par l'art des mines, tous sont camarades. Ne sont pas camarades ceux qui, semblables aux détrousseurs de cadavres dans les armées en déroute, échafaudent leur ambition et leur intérêt personnel sur le travail et le pain d'autrui.

Des accidents dans les mines.

Nous croyons qu'il n'est pas sans intérêt de reproduire quelques données statistiques :

L'enquête faite en 1884 par la Commission de la Chambre des Députés, a fourni des chiffres à citer :

Sur 124,327 ouvriers employés dans les mines.

Savoir : 89,209 ou 71.8 0/0 au fond.

— 35,118 ou 28.2 au jour.

L'enquête donne :

8.232	6,6 0/0	enfants de	12 à	15 ans.
18.851	15,1	jeunes gens de 16	20	—
13.915	11,2	—	21	25 —
17.033	13.7	hommes	26	30 —
16.144	13,0	—	31	35 —
14.193	11,4	—	36	40 —
12.415	9,9	—	41	45 —
9.726	7,8	—	46	50 —
6.648	5,3	—	51	55 —
4.120	3,3	—	56	60 —
1.756	1,4	—	61	65 —
908	0,7	—	66	70 —
389	0,3	—	71	85 —
124.327	100 »			

La statistique, présentée en 1878 à l'Institut des actuaires de Londres par M. Neison, donne les chiffres de mortalité ci-après par diverses professions :

Décès sur 1,000 vivants.

Cultivateurs	1.2
Cordonniers et tisserands	1.5
Épiciers	1.6
Serruriers charpentiers	1.7
Mineurs	2.0
Boulangers	2.1
Bouchers	2.3
Débitants de spiritueux	2.8

La moyenne des ouvriers tués dans les dix dernières années sur un ensemble de 10,000 ouvriers donne, d'après la statistique officielle française :

Proportion sur 10,000 ouvriers

Mines de combustible	18.4
Autres mines de toute nature	15.2
Carrières souterraines	18.5
Carrières à ciel ouvert	8.6

Il n'est pas sans intérêt et sans honneur pour les mines de dire : que le nombre des ouvriers employés à l'extraction des combustibles minéraux, qui était en 1865 de 78,735, dont 56,399 à l'intérieur et 22,336 à l'extérieur, s'est élevé en 1885 à 101,616, dont 73,587 à l'intérieur et 28,033 à l'extérieur ;

Que le tonnage produit s'est élevé de 11,600,404 tonnes en 1865 à 19,510,530 tonnes en 1885 ;

Et que d'autre part, le nombre total d'accidents s'est abaissé de 1,165 en 1885 à 829 en 1885.

En ce qui concerne l'intérieur des mines, il y avait en 1865

1,291 ouvriers atteints, dont 252 tués et 1,039 blessés, tandis qu'en 1885 il y a eu 766 ouvriers atteints, dont 156 tués et 695 blessés.

D'après une statistique allemande ;

	Ouvriers tués sur 10,000	Soit 1 tué sur
Saxe.	33.94	295
Prusse	28.96	345
Belgique	24.14	414
Angleterre	23.54	424
France.	22.14	451
Autriche	2'.08	540

En Angleterre, pour la période de 1871 à 1880 :

	NOMBRE D'OUVRIERS TUÉS PAR LES ACCIDENTS						
	Explosion de grisou	Éboulements	Dans les puits	Divers			Nombre d'ouvriers occupés
				Fonds	Surface	Total	
Moyennes annuelles. . . .	269	451	135	190	90	1.135	482.183
Par 10,000 ouvriers occupés	5.6	9.4	2.8	3.9	1.9	23.5	»
Par cause d'accident . . .	24	40	12	17	8	101	»

On doit à M. Vuillemin la statistique décennale suivante :

	Personnes employées	Accidents	Morts	Morts sur 1,000 ouvriers	1 mort sur ouvriers
Angleterre.	558.817	947	1.220	2.18	458
Belgique (Hainaut).	76.697	146	183	2.38	449
France	105.742	—	222	2.09	476

Les tableaux ci-après, empruntés à la statistique officielle publiée par les soins du Ministère des travaux publics pour l'année 1885, donnent pour la France et l'Algérie :

NATURE DES EXPLOITATIONS	NOMBRE DES OUVRIERS EMPLOYÉS			NOMBRE DES ACCIDENTS		NOMBRE DES VICTIMES					
						SOUTERRAINEMENT		A LA SURFACE		TOTAL	
	SOUTERRAINEMENT	A LA SURFACE	TOTAL	SOUTERRAINEMENT	A LA SURFACE	TUÉS	BLESSÉS	TUÉS	BLESSÉS	TUÉS	BLESSÉS
1° Mines	80.283	31.706	114.492	836	68	169	759	17	54	186	813
2° Carrières souterraines.	14.206	7.446	21.652	80	3	38	56	»	4	38	60
3° Carrières à ciel ouvert	»	96.459	96.459	»	174	»	»	101	117	101	117
Totaux	94.491	135.411	229.603	916	245	207	815	118	175	325	990

ACCIDENTS SURVENUS A L'INTÉRIEUR

Le tableau suivant comprend la nomenclature de leurs causes les plus ordinaires et donne, pour chaque espèce, les nombres calculés d'accidents et de victimes correspondant à un effectif de 10,000 ouvriers employés *souterrainement* en France et en Algérie indistinctement.

CAUSES DES ACCIDENTS	MINES DE CHARBON			AUTRES MINES DE TOUTE SORTE			CARRIÈRES SOUTERRAINES		
	ACCIDENTS	TUÉS	BLESSÉS	ACCIDENTS	TUÉS	BLESSÉS	ACCIDENTS	TUÉS	BLESSÉS
Éboulements	48.0	6.9	42.3	76.4	16.4	61.2	23.2	12.7	15.5
Grisou	1.5	5.7	2.7	»	»	»	»	»	»
Puits { Chutes dans les puits . .	4.3	2.9	2.6	7.4	1.5	7.4	9.2	5.6	3.6
Puits { Ruptures de câbles, chutes de bennes, etc. . . .	1.5	0.7	0.8	1.5	»	1.5	2.8	0.7	2.1
Coups de mine	2.4	0.7	2.6	11.9	1.5	13.4	5.6	0.7	5.6
Exploitation des voies ferrées souterraines	29.1	1.9	27.2	6.0	»	6.0	1.4	0.7	2.8
Travaux manuels	8.3	»	8.3	»	»	»	2.1	»	2.1
Asphyxie	0.4	1.2	»	»	»	»	0.7	1.4	»
Causes diverses	8.6	1.2	8.0	6.0	»	6.0	11.3	5.0	7.7
TOTAUX	104.1	21.2	116.5	108.6	19.4	95.5	56.3	26.8	39.4

Nous ne pouvons mieux faire que de répéter ce que disait le regretté M. Burat, en 1862 : « L'industrie des mines est exposée à tous les accidents qui résultent des travaux dans lesquels on met en œuvre de grandes masses, mais elle est exposée en outre à des dangers spéciaux : les gaz délétères qui se dégagent dans certains cas en grande abondance et peuvent déterminer l'asphyxie ; le grisou, gaz qui forme avec l'air des mélanges inflammables et détonants ; les eaux que l'on rencontre quelquefois accumulées dans les vieux travaux.

» Si l'on considère que l'on doit journellement abattre et transporter dans des excavations nécessairement sinueuses, étroites et mal éclairées, des masses considérables de rochers et de charbons, qu'il faut y descendre et y faire circuler des centaines d'ouvriers qui restent exposés aux dangers spéciaux résultant des gaz et des eaux, on ne sera pas étonné qu'il s'y produise des accidents inévitables. Ce qu'on peut seulement exiger c'est que toutes les précautions soient prises et que l'on n'ait à subir que les accidents qui échappent à la prudence humaine. »

Mais l'industrie des mines est loin d'être la plus dangereuse, comme il résulte de la statistique suivante, citée par M. Ugo Mazzola dans son ouvrage sur l'assurance des ouvriers et empruntée aux travaux d'une société d'assurances de Leipzig.

NOMBRE TOTAL D'OUVRIERS sur lesquels a porté la statistique	NOMBRE d'ouvriers occupés pour 100 accidents	NOMBRE D'ACCIDENTS par 1,000 ouvriers et par an			DÉSIGNATION DES INDUSTRIES
		total	mortels	suivis d'invalidité permanente	
17.126	1.500	67	3.33	2.40	Industrie des transports. — Chemins de fer.
28.294	1.850	54	1.73	3.85	Scieries mécaniques.
124.896	2.800	36	0.78	7.80	Ateliers d'ajustage ; montage de ponts et charpentes métalliques.
53.732	3.250	31	1.86	1.56	Brasseries.
10.397	3.550	28	0.77	1.54	Distilleries.
56.389	3.600	28	2.34	1.24	Carrières de sable, argile, pierres.
371.633	3.700	27	0.53	1.40	Fabriques de machines. Fonderies de fer. Ateliers de constructions de matériel de chemins de fer.
70.695	3.750	27	2.94	1.74	Constructions de canaux, routes et chemins de fer.
10.580	3.900	26	1.04	0.66	Fabriques de savons, colle, gélatine, chandelles, etc.
165.345	3.950	25	1.35	0.76	Maçons. Charpentiers.
31.181	4.000	25	0.70	1.12	Fabriques et raffineries de sucre.
38.887	4.050	25	1.34	1.31	Fabriques d'amidon. Moulins en général.
15.644	4.200	24	0.46	0.62	Fabriques de meubles et de pianos.
17.622	4.500	23	1.70	0.60	Fabriques de produits chimiques sans matières explosibles.
5.577	5.250	19	1.25	0.90	Fabriques d'asphaltes, de vernis, d'huiles. Raffineries d'huiles.
106.236	5.500	18	3.37	0.70	Mines de houille.
43.995	5.500	18	0.25	0.57	Établissements divers non spécialement dénommés.
63.797	6.100	16 ½	0.58	0.90	Usines à gaz. Hauts fourneaux. Usines à fer. Usines métalliques.
21.617	7.600	13	2.60	0.60	Mines de lignite.
38.665	8.350	12	0.54	0.93	Fabriques de ciments, de porcelaines, etc.
109.437	8.700	11 ½	0.44	0.78	Fabriques de quincaillerie, de caractères d'imprimerie, etc.
102.511	9.550	10 ½	0.42	0.68	Teintureries. Apprêtages.
47.365	12.600	8	1.50	0.80	Réparation mécanique des minerais.
28.776	12.500	8	0.17	0.60	Imprimeries. Lithographies.
384.344	12.950	7 ½	0.23	0.73	Filatures.
29,720	18.000 à 34.000	6 à 3	0.00	0.70	Industries de luxe. Petites industries à la main.
246.874	34.000	3	0.10	0.24	Tissage.

On remarquera que si la statistique ci-dessus donne malheureusement le premier rang à l'industrie de la houille quant au nombre des accidents mortels, le chiffre des blessés est relativement peu élevé; on remarquera également que cette statistique ne comprend pas les professions les plus dangereuses : la marine marchande anglaise tue un homme sur 256 et la pêche à la morue par les pêcheurs français tue un homme sur 109.

Quoi qu'il en soit, les accidents qui surviennent dans les mines sont de deux ordres : les uns, *les plus rares*, résultant des conditions générales de l'exploitation, ce sont eux qui produisent les catastrophes qui émeuvent si tristement et si justement l'opinion; les autres, *les plus fréquents*, attaquant l'ouvrier dans son travail courant, dans sa besogne journalière. — De ces derniers, l'ouvrier se défendra par la connaissance de sa profession, par son expérience, par l'obéissance à ses chefs et aux règlements.

On conçoit que l'organisation forte que nous avons décrite n'assure pas seulement, par tous moyens en son pouvoir, la régularité du travail et l'obtention du plus fort rendement individuel; elle assure, et tend à assurer, avant tout, la bonne exécution du travail et par conséquent, son exécution sans accidents. — Tous les gens qui ont la pratique des mines savent combien les chances d'accident sont diminuées si l'exploitant a pu réunir un personnel expérimenté et obéissant; ce sont vérités qu'il semble puéril de répéter. — L'ouvrier a un rôle précis, déterminé, dont il n'a jamais à sortir; pour le remplir, nous le répétons, il a la connaissance de son métier et l'observation des règlements; c'est un soldat ! Quant aux accidents d'ordre général, l'ouvrier mineur n'y peut rien, n'y est pour rien. — C'est à l'ingénieur à les prévoir dans la limite des connaissances humaines et à les éviter et à lutter contre eux lorsqu'ils se produisent. — C'est à l'État à constater que toutes les mesures ont été prises. — C'est à l'exploitant à en supporter les conséquences.

Des délégués mineurs.

C'est dans le milieu que nous venons d'essayer de décrire qu'on va implanter des délégués mineurs.

Quelle sera leur compétence?

Quel sera leur rôle?

Leur compétence — elle n'aura pour toute sanction que la garantie de savoir lire et écrire et d'avoir travaillé au fond cinq ans dans une exploitation, à une époque quelconque et à un titre quelconque. Ainsi il suffira d'avoir roulé un wagon de mine ou même d'avoir travaillé comme garde-barrière, fût-ce vingt ans auparavant, pour devenir, de par l'élection, un juge compétent des accidents, et, ce qui est plus grave, un juge capable de les prévenir.

Le suffrage universel se portât-il sur le plus digne, qu'on sache bien que l'ouvrier mineur est compétent dans son chantier et pas autre part.

Quant au rôle du délégué nous n'en voyons que deux !

Honnête homme. — Il reconnaîtra son inutilité et son incompétence, il n'agira pas — son rôle consistera à donner au garde-mine ou à l'ingénieur des mines des renseignements sur l'accident qu'il aura pu examiner avant que ceux-ci aient eu le temps matériel de se rendre sur la houillère. — En quoi son avis prévaudra-t-il sur celui des témoins qui sont toujours interrogés et qui le sont non seulement par les agents des mines, mais par le commissaire de police, la gendarmerie, etc.

Politicien. — Il sera l'agent des passions ou des influences qui l'auront nommé. — Il n'aura qu'un but, celui de créer un conflit permanent, aigu, entre l'ouvrier et son patron ou, pour mieux dire, entre le travail et le travailleur. Nous n'en voulons pas dire davantage et nous terminons par ce qu'écrivait, en termes si élevés et si précis, l'honorable professeur de législation de l'École supérieure des mines de Paris, M. Aguillon, à une date à laquelle la question était très loin d'avoir le degré de gravité et de violence qu'elle a aujourd'hui (1).

« Bien que le sort qui attend finalement le projet de loi sur les délégués mineurs puisse être tenu pour incertain, nous ne pouvons nous empêcher de parler de cette institution projetée, en écartant d'ailleurs les détails d'exécution qui ont déjà beaucoup varié et pourront encore être modifiés. Ce sont les principes mêmes et les bases du projet qu'il nous suffira de retenir.

L'idée qui l'a inspiré est d'augmenter la sécurité du personnel occupé dans les travaux souterrains en confiant à des ouvriers employés dans une mine ou à d'anciens ouvriers qui y ont été ou auraient pu y être employés, les uns ou les autres élus par leurs camarades, le soin de visiter périodiquement tous les travaux et la tâche de relever les premiers renseignements à la suite de tout accident de personnes, le tout dans le seul but de faire parvenir au préfet, c'est-à-dire à l'autorité administrative normale, les observations que ces visites ou observations auront pu suggérer au délégué.

Nous écartons toutes les remarques que ce projet peut soulever aux points de vue économique et social ; nous ne nous arrêterons pas non plus sur la particularité de faire surveiller un patron par ceux qu'il emploie, en lui imposant les frais de cette surveillance par l'obligation de payer directement les journées que le délégué aura employées à cette tâche. Nous nous bornerons à examiner le projet aux points de vue du droit minier et de la pratique de l'exploitation des mines.

En se plaçant sur ce terrain, on se demande tout d'abord pourquoi la Chambre n'a appliqué la mesure qu'aux mines et point aux carrières et minières souterraines. Si cette mesure de caractère exceptionnel est inspirée

---

(1) *Législation des mines françaises et étrangères*, 1886.

par le désir d'augmenter la sécurité à raison des dangers de nature spéciale présentés par l'industrie extractive souterraine, les dangers ne sont pas moindres, ils sont même plus grands dans les carrières souterraines que dans les mines.

Cette distinction viendrait-elle de ce que la propriété des mines résulte d'une concession de l'État, tandis que celle des carrières découle de la propriété du sol ? L'argument serait absolument sans valeur. Les lois de police, et c'en est bien une ici, doivent s'appliquer en matière d'industrie extractive, abstraction faite de toute question de propriété, comme le législateur français en avait donné l'exemple depuis 1810 par l'assimilation constante aux mines, en matière de police, des minières et carrières souterraines, exemple suivi dans tous les pays.

Puisqu'il s'agit dans tout ceci d'une question de dangers à prévenir, nous ajouterons que nous ne saisissons pas la raison de la distinction de l'article premier, paragraphe premier, du projet voté par la Chambre et le Sénat, entre les exploitations occupant plus ou moins de 200 ouvriers. Le chiffre du personnel occupé ne nous paraît pas être une mesure du danger d'une exploitation, ni même avoir un rapport de cause à effet avec la situation de l'exploitation à ce point de vue. La faculté donnée à l'Administration par les paragraphes suivants du même article ne corrige nullement l'erreur du paragraphe premier. Une seule chose eût été relativement rationnelle : laisser discrétionnairement à l'Administration, comme dans l'application de toutes les mesures de police minérale, la faculté de désigner et de délimiter les mines ou circonscriptions à surveiller par des délégués ; mais l'inégalité de traitement qui en serait résultée entre exploitants eût été alors si flagrante que l'idée même des délégués eût risqué de sombrer du coup.

Allons plus avant dans les bases du projet. Personne ne nie la nécessité d'une surveillance spéciale à exercer sur les travaux des exploitations souterraines, tant des mines que des carrières, à raison des dangers de nature particulière qui leur sont inhérents ; dans tous les pays cette surveillance est organisée comme en France, par les soins d'une administration spéciale qui se rattache à l'administration générale du pays ou constitue un de ses organes administratifs. Pourquoi vouloir modifier l'organisation normale qui existe chez nous depuis 75 ans, en introduisant le rouage des délégués mineurs, dont l'idée même, nous l'avons dit, est en contradiction avec tous les principes de notre droit administratif ? Le rapporteur de la loi à la Chambre a répondu à cette critique irréfutable au point de vue des principes, par les raisons suivantes *(Journal officiel,* 8 mai 1885, p. 753, 2e col.) :

« Veut-on décupler ce personnel (des ingénieurs des mines et gardes-mines) si insuffisant ? Veut-on voter les fonds nécessaires pour payer dix fois plus d'ingénieurs et de gardes-mines qu'il n'en existe en ce moment ? Alors la loi que nous vous proposons n'aurait peut-être plus de raison d'être. Mais si vous n'êtes pas prêts à voter des fonds nécessaires pour décupler le personnel des ingénieurs et des gardes-mines, il faut bien que vous reconnaissiez qu'en présence de la situation, il n'y a absolument pas de protection pour les ouvriers qui travaillent au fond des mines. »

M. le rapporteur n'a pas pris garde que ces explications, loin de justifier son projet, le condamnaient. Il invoque une raison d'économie et une raison de sécurité.

A ce dernier point de vue, les statistiques officielles établissent, d'une façon irréfutable, les résultats véritablement remarquables obtenus en France dans l'exploitation des mines avec l'organisation actuelle ; depuis 1876, il n'y a plus eu de catastrophes générales et la proportion des ouvriers tués est allée toujours en s'abaissant ; loin qu'on puisse dire qu'il n'y a pas de protection en France pour les ouvriers qui travaillent au fond des mines, il faut reconnaître qu'on est arrivé à des résultats que nous pouvons, non sans quelque orgueil, opposer à ceux de tous les autres pays ; et, à moins de vouloir renoncer à exploiter les mines, il est permis de croire qu'on est arrivé à réduire au strict minimum les éventualités fâcheuses qu'elles présentent inévitablement. L'honneur d'une pareille situation revient en partie aux exploitants eux-mêmes et en partie à l'administration des mines.

Quant à la question d'économie, M. le rapporteur paraît oublier que les délégués ne doivent pas fonctionner gratuitement, mais bien à la charge des exploitants. Les sommes à débourser de ce chef par ceux-ci seraient suffisantes, si elles leur étaient réclamées par l'État, à titre d'augmentation d'impôt, pour accroître les cadres des gardes-mines, du personnel nécessaire à satisfaire le plus largement possible à toutes les nécessités du service.

Sous une forme ou sous une autre, un renforcement de la surveillance ne pourra être obtenu sans un accroissement des charges des exploitants : pense-t-on que la situation économique de notre industrie vis-à-vis de celle de l'étranger, permette impunément pour le bien public, de pareilles aggravations ?

D'autre part, on n'a peut-être pas fait attention qu'à moins de jouer un rôle absolument inutile, l'institution des délégués entraînera nécessairement l'augmentation des cadres de l'administration des mines. Le délégué doit se borner, en effet, à transmettre ses observations à l'autorité régulièrement constituée. Ou les observations seront sans portée à ce point qu'elles seront écartées *de plano* par l'Administration, auquel cas l'inutilité de l'action des délégués sera évidente d'elle-même ; ou les observations paraîtront susceptibles d'une suite quelconque, et alors les ingénieurs des mines, avant de formuler les dispositions sur le vu desquelles l'Administration statuera, seront obligés de vérifier par eux-mêmes les faits ou de les faire vérifier par les gardes-mines, en tout cas d'instruire l'affaire. Or, on déclare le personnel des ingénieurs et gardes-mines insuffisant déjà ; comment pourra-t-il fonctionner avec le surcroît de travail que lui occasionneront les délégués ? Donc, ou il faut faire des délégués de véritables fonctionnaires publics, ce que personne n'ose soutenir ; ou, s'ils restent des agents d'avertissement, leur institution, dans le cas où l'insécurité des mines serait telle qu'on l'a dit, conduira fatalement à cette augmentation du personnel de l'administration des mines que la création des délégués devait prévenir.

Pour si importantes qu'elles soient, les diverses objections que nous venons de présenter contre l'institution des délégués mineurs, nous paraissent encore moins sérieuses que les critiques qu'il nous reste à rappeler. Les délégués mineurs auraient à remplir un véritable rôle d'inspecteurs ; or, il leur manquera nécessairement les deux qualités sans lesquelles on ne peut admettre qu'un inspecteur exerce ses fonctions ; ils n'auront ni la compétence ni l'impartialité indispensables.

Il faudrait méconnaître les premiers éléments de l'art des mines pour croire que l'ouvrier le plus habile dans sa spécialité recevra, de par la seule grâce efficiente de l'élection, cette compétence générale en matière d'exploitation des mines, qui peut seule permettre de se prononcer en connaissance de cause dans les questions que cette exploitation soulève. Qu'un boiseur soit à même d'apprécier aussi bien qu'un ingénieur si un cadre a été bien ou mal posé, nous l'accordons volontiers ; mais ce sont là de ces menues questions du travail professionnel, qui n'ont qu'un intérêt individuel, peut-on dire, et non de ces questions qui intéressent l'ensemble des ouvriers et constituent les dangers réels inhérents à l'exploitation des mines, tels que ceux résultant de vices dans l'assiette générale des travaux, dans la méthode d'exploitation ou dans l'aérage. On a, et avec raison, dans la préparation et la discussion de la loi des délégués mineurs, insisté particulièrement sur les dangers provenant du grisou et autres gaz dangereux. A quelle personne compétente fera-t-on croire qu'un ouvrier pourra se prononcer avec connaissance suffisante sur les questions d'aérage parfois si difficiles pour l'ingénieur le plus accompli ? Il ne suffit pas de savoir lire et écrire, ni d'avoir été attaché deux ans à l'exploitation, seules qualités techniques demandées aux délégués, pour avoir cette compétence que nous réclamons de toute personne appelée à émettre des observations sur de semblables questions.

Quant au grief relatif au manque d'impartialité, on nous permettra de ne pas insister, tant la chose nous paraît évidente d'elle-même.

Sans doute, des délégués qui seraient choisis avec le soin que l'industrie privée met à recruter ses chefs de poste, pourraient donner aux ingénieurs de l'État des renseignements d'une utilité comparable à celle que les indi-

4

cations des chefs de poste ont pour l'exploitant ou ses ingénieurs. On ne peut évidemment comprendre l'intervention du délégué mineur, au point de vue technique, que par cette assimilation au chef de poste. Les avantages de l'institution projetée, ainsi comprise — et elle ne peut l'être autrement — nous paraissent devoir être bien faibles en comparaison des inconvénients divers qu'elle pourra présenter. Aussi bien, en prenant les délégués comme des chefs de poste exerçant leurs fonctions au point de vue de l'intérêt public; il faut remarquer que, d'une part, la manière dont ils seront désignés ne donnera pas de garanties suffisantes pour leur capacité professionnelle, et que, d'autre part, les délégués ne seront pas sous l'autorité et la direction de l'Etat comme les chefs de poste sont sous la main et l'impulsion de leurs ingénieurs. »

IMPRIMERIE CENTRALE DES CHEMINS DE FER. — IMPRIMERIE CHAIX. — RUE BERGÈRE, 20, PARIS. — 23687-7.